L'Enjollement de Coula et de Miquelle
sur le sujet des diablotins qu'il disait qu'elle avait dans
le ventre. Les Chansons de Miquelle, le Procès intervenu
entre-eux et le Mariage de Coula et Miquelle par
Dialogue en langage picard. A Paris, 1634, in-8°.
maroquin vert janséniste, doublé de maroquin rouge
dentelle intérieure. tranche dorée (Koehler)

Très-joli exemplaire de Charles Nodier de cette rarissime
plaquette.

Un exemplaire en reliure ordinaire (veau)
fut adjugé en 1876 à M. Labitte, Libraire
à Paris, moyennant 250ᶠ et les frais.
En 1877 M. Rouquette, Libraire à Paris,
paya notre exemplaire 300ᶠ et les frais,
en vente publique. Il le revendit 400ᶠ
au baron de La Roche qui l'échangea
contre un autre exemplaire richement relié
il remit pour cette transaction 150ᶠ et le
livre que nous offrons aujourd'hui

Nodier écrit

Bons ou médiocres on ne connaît
pas dix exemplaires de ce livre

L'ENIOLLEMENT

DE
COVLA ET DE MIQVELLE,

Sur le sujet des Dialotins qu'il disoit qu'elle
auoit dans le ventre.

Les Chansons de Miquelle.

Les plaintes de Marion Floncan, mere de
ladite Miquelle, sur le deflorement
de se fille.

Le procés interuenu entr'eux.

Et le Mariage de Coula & Miquelle.

Par Dialogue,

En Langage Picard.

A PARIS,

1634.

ENIOLLEMENT DE
Miquelle par Coula.

Coula.

IY fui braue Carton pour boizié ché fillette,
Pour lé bien cappigné, & pour tatté leu taitte
Ie hinque douchemen leu quemize hauché,
Cuidan qu'aueu le ran ie vouroy bien muché
Men paure jamjippon deden leu piffotiere,
Hé, viencha Miquellon Ingen quozette fiere,
Vo me dizié en cau iucque hé evredondé,
Ché tro mecapigné né tu encoire odé.
Ne vo fouuien ty poen quo hochié ché cornoile,
Qui queïen fu men do épautree fi molle,
I'en mengy tou men fau, de fi boen appety,
Puy j'en fi en mugo o pré de no carty:
Voz engambié fi bien vo gambe de branque en
    branque:
Par men fermen ie vy vo Cren dica vo hanque,
Helayette helayette que de catoüillemen
Fezoy men braquemar vertillian douchemen
Deden men fontacu que chetoy gran pité
Y leuche bien volu quo leuchié to boutté
Deden vo mitronnet tou dica vo boudine
Niéroy ty poen dangé ditte my no méquine,
Me foy ie vo dorroy corette & cautequé,
Si vo vollé fampucq aueuq my couqué:
Et voz aquateroy en biau demy chain gantre,
Deulle bizaitte ofi pu de chioncque ou fizanaé

Vo vela encoire en cau deſſu ché cornoillé,
Qui ſu venu vo vir tou perché & moüillé.
O quidia lon tan que ie vo voloy dire
Queque coze de biau qui vou fera bien rire
Su ſu don dequendé Miquelle men ſeuron,
Claqué vou ſu men do, vuardé bien vo corron
Qui ne ſahocque à rien, baillé my vo gambette,
Ne vo fié poen tro toudy à ché branquette,
Tredance o querié cho cho claqué vou là,
Et dizay gren merchy à che povre Coula.
Alon nouzen muché deden chel canvriere,
Drier no courtillet, ou deden no drauiere,
Plaquon nou gentimen tou o pré de ché bo,
Baiché vou en puette quo ne voiche vo do,
Crénan daitre apercheu de vou & mi enfanne,
Quer ſi faloy en cau que no moetre & no dame
Noz euchien rauizé y mernerien de cau,
Et ſeroy aldoſſé toudy tou men cœur ſau.
O que no vela bien me petiotte troniette,
Pour hauché vo garcu oſi vo quemizette:
Depechon geremen aginché vo cotron,
Me fouay ché tro ioqué plaqué là vo poetron.

Miquelle reſpond à Coula.

Hé hezé chy en peu, quechou quo vollé dire?
Dy my quo raſſoté, Inguen, beau Diu, beau Sire,
Où aichou quo me mené dite en puet Coula,
Dien pallenozamismon, ie n'iray poen là.
Iocqué chelo oſſu, ne tatté poen mé taitte,
Sermen ie vo doroy en horien ſu vo teſte.

Coula Carton.

Quemen Miquelle, da vorié vou haldocé
Che Cretien de Coula qui vo vorieu boizié

5

De ſi boen appety come ſen amoureuze,
May quozette vuaracque & oſſi requinieuze,
Sambiere quo menguengné, boizié my Miquelon,
Auan que décapé, & que nozemallon.
Miquelle.
Non fray, nénain, me fmay Coula ie n'en fray rien
Quer chelo né poen beau faéluzé à ché gen
O dv quozé danué touto qu de Pilate.
Laiſié mi don allé, v le can quo i'ay hate
Y me fau renoné & filiay men clognon.
Enten tu bien varlo Coula, beau compagnon,
May quechou don chelo aiſiaiu que ie rauize,
Que den ton fontacu qui hauche te quemize,
Epeutee ie ſu can ie bee chelo,
Dy my don chou que chét varloteau de Coula.
Coula.
Dien chét men fangippon quo beé ainſain braire,
Pour chou qui net fiqué den vo equatouilloire.
Miquelle.
Medichité Coula, que chelo eſt glichan
May quéchou don oſi quét ainſain pendrillan.
Coula.
Tredance Miquellon, ſe ſon me marjollettes.
Miquelle.
Sermen, chelo reſanne à quaſi deu cloquette
Nozamalo Coula & py medicamu
Set libera men fiu, & qué chelo eſt plu.
Coula va épeuté Miquelle.
Vo ne ſaué poen Miquelle me ſeurette
Braire vo me fezé quan ie voy vo panchette,
Se ſon deu dialorin qui ſon fiqué deden,
Qui ne peut écappé ſampue que par vo Cren.

Miquelle épeuttee.

Helaiette Coula, que ie su, épeuttee,
So lé poien rotté ie feroy confortee:
Alé ie vo dorray en palto, en capiau:
Et py quan ie cuiray vo zeré en vuatriau.

Coula.

Chou don claqué vou là, quozette boene fille,
May pour le mieu rotté y fau eune queuille.

Miquelle.

Ie ne men foucy poen, queuille ou queuillon,
qui fuchien écapé, épi qui fen allion.

Coula adiurant.

Diallotin, écquapé, damblé germen arriere,
Ou vo feré dobé par cheulle piffotiere.

Miquelle bret.

Haie houffette Coula, ditte mi quéchouchy.

Coula.

Che fon ché diallotain que iencache dichy

Miquelle.

Chemon, pallenozamy, ie ne men doutoy mie,
Vo feré men baron, & mi vo douche amie:
Que de cattouillemen quo foaitte da Coula,
Ne vo hatté poen tro quo neuchié foay chela.

Coula hodé.

Dieu ie le voroy bien, Miquelle me feurette,
May y fau rehauché men fon & mé houzette,
Et py men retourné roudy en no moaifon,
Pour allé affoiré mes deu queuau grizon.
Allé ne dizé rien de chechy à perfonne,
Me foay ie vo donray plain vo faqué de pronne.

Miquelle.

Gren merchy don Coula, alé ie le veu bien,

Vo me uorré ofi en roüet & en cheren.
Coula.

Ché foay, vo lez eré, ien tappe à me poitrine,
E fi ie vo dorté en garcu pou reftrime,
May fi ché diallotin fon fi outrecuidé,
De vo reuenir vir, ie vo veray aidié,
E lé rencacheray de fi rude megniere,
Tout enfain que iay fouay da par vo piffotiere.
O ie le veré bien le tan cui ly feron,
Va ne ten foucy poen, Miquelle men feuron.
Miquelle.

Par te fouay don Coula, helo! que ie fu aize,
Pour l'amour de chelo y fau que ie te boize,
Ne per poen tenotieu qui ne foy déreubé,
E que ché diallotain fuchien trebien dobbé,
Y les fau queuillié ché deu facquemendaille
Tantecquan qui verron choqué den mé tripaille,
Adiu Coula no fiu, neuende Coquenpo
De Marion Floquan, & Collette Danpo
Ie pri à fin Miqué, & finte Thunette,
Que ne fuchié mengé de leu ny d'erminette.
Allon nozen tou deu, Coula mon petio fieu,
Adiu men affoté, Adiu Cola, Adiu.

Fin de l'Enjollement.

Canchon de Miquelle.

ME fouay ie ne men foucy poen,
Quan ché diallotain verroien
Pour lé bien torencaché,
Y ne fau queuue queuille,
Coula les fçay déniché,
Chét vn Carton oen abille.
Me fouay, &c.

Sy ché diallotain venien,
Ie fay bien que i'ay affouaire,
Coula les rrappera bien,
San dobbé de le cachoire.
Me fouay, &c.

Si j'alloye deden ché bo,
Ou o can querre deu letrime,
Ie dy tou quergué men do,
Ie ne men donne poen de peine.
Me fouay, &c.

Quan Coula les en cachy
Iamoy ie ne fu pu aize,
Ie dy houffe, quéchouchy,
Toutantéquan y me bouayze,
Me fouay, &c.

Chét

Chér en ſi boen varlotiau
Pu enfantiu que ſe mere,
Ie ly dorray en vuazhiau,
Epy plain en lo de biere,
Me ſouay, &c.

Si ſauié don chou qui fy
Pour caché ché Dial arriere;
Eune queuille entinquy
Tou deden me Piſſotiere.
Me fouy ie ne men foucy poen,
Quan ché Diallotain verien.

Autre Canchon de Miquelle, Sor le
cau deune Sarabande.

COula capigny tan Miquelle,
Come elle lauoit ſez écuelles,
May el le cuidy crauenté:
El hapy caudron é paielle,
Su ſe caboche la ietté.
Su ſe caboche la ietté.

Toutatecan el le fit fuire,
May el ſépautroy à rire,
Le voyan ainſain agenché
En ly diſan Coula beauſire,,
Dien ché pour punir ten peché. bis

Adon il vſi de finaiche
Flaqui ſe main den ſe guergueſſe,
Pour renir chou queſtoy deden,
Le voulé vou hau no moiſtreſſe,
Hon nennain ie ne le veu poen.   bis

Ie ly dy quéchou que vou foaitte
Que ne muché vou vo broquette,
I me dy qui nen feroy rien,
E que chetoy ennarluzette,
Sanpuque pour me fouaire du bien.bis

Iamoy ne fu ſi ahurie,
Ie ne ſçay ſi ieſloy marrie,
Ou bien aiſe pour che mot lo,
I me prnt quaſimen enuie
De ly laiſſié fouaire chelo.   bis.

I poutſui ſi bien ſe cariere
qui me fy quierre par driere,
Men poitron ſennoy à piſſo,
Va-ten ly dijou, cu te mere,
Par men ſermen tu né quen ſo: bis.

Den ſes cauche auoy eune dague
Chelo fezoy za,za,za,za,zaguez
Aueu mille ecatouillemen:
O quitteroy joyau é bague
Pour auoir che contentemen.   bis

May y fv ran par ſes deuize,
qu pré y hauch, me quemize,

Me foy y fezoy le fenau,
Sy to y luzy de main-mize,
En me fezan beé en hau.   bis.

Y me claqui deffu lerbette,
En me faifan vir fe cozette
Pu rouge quen carbon de fu
Ie ly difoy joque é harette,
Coula ne me catouille pu.   bis.

Ie refannoy ché mariee,
Offy to qui fon répoufee,
Y fen von perre leu defduy,
O cornet deune queminee,
San zattendre daitre en leu ly.   bis.

Y lalloy patrouillan mé taitte
Iamoy ne fu en telle fette,
Me mere aperoheu tou chelo,
Sy to à gran cau de fourquette
Chingloy deffu my é Coulo.   bis.

Cy fenfuiy parmy ché rue
Montran fé feffe toute nue,
Pu peneu étoy quen ouzon,
Y quithiy queuau é carue,
Tournan le de de no moizon.   bis.

El claqui fu my fe furie
O que ie fu équermuchie,
Quen dépy du gaude michy:
Me mere pardon ie vou prie,

Helos ie vo crie merchy.   bis.

Sy iamoy Coula me vien dire
De zaurclo pour foire rire,
O ie léquigneray de cau,
Chét en vualan qui fouay le fire,
Ie le dobberay tou men fau.

Ie te pardonne, ce dit-elle,
Ma jure par te fouay Miquelle,
Que iamoy Coula ne voira.
Ouy ie feray toufiours fidelle,
Iamoy men Cren ne tattera.
Iamoy men Cren ne tattera.

Fin des Canchons.

Plinte de Miquelle à sa mere Marion Floncan, estant grosse é enchainte de Coula.

Q Véchouchy que ie sen qui trotte den me pãche
  Que chelo me soay ma, é qùe chelo mélanche,
Ie crain que che suchien encoire ché diallotain,
Settan flacqué deden depuy hier o matin,
Chelo va randichan dica me boudinette,
E sen cazy chelo auallé me fourquette.
Hé, hé, si ie pensoy que che fuche chela,
Ie dambleroy germen pou le dire à Coula:
Qui lé rencacheroy san pelle ne fourquette,
Ne ramon, ne hoyau, may bien de se broquette:
Les hucquan par le treu, disan sorte diallo,
Ou bien ie delacray dessu vou en hallo,
Y lé tan dy allé, ha! me pauure panchette,
Coula vené germen, apporté vo broquette.
Me mere, où este vou, vené vou zen à moy,
Ie ne peu cho ne lo me tenir en recoy.
    Marion Floncan mere de Miquelle.
Quatu à braire ainsain dy hé vieille nottree,
Nerra tu poen losi quichy ie fuche entree
Pour me dire que ché, dy que tes ty venu.
    Miquelle.
Helàs me merotte, houffe ie nen peu pu:
Che son lé trancoizon, come a eu me couzainne,
Chcouté me boyau é quemen chelo craigne,

Ie croy que ché diallo que reneachy Coula,
Me son venu reuir, san doute ché chela,
Ditte ly geremen, qui me vienche refoire,
Ni a poen Medechin qui sache mieu laffoire.

     Marion Floncan bien outrecuidee
       & esbayé.

Hé! quemen le say tu, si lentend bien chela.

      Miquelle.

Ho que ie le say bien, ché le pu biau Coula
Quozi iamoy trouué, pour le plus habil homme,
Cantozen chercheroy de Pary dica Romme.
Y hachioncq o si moy que che poure Cretien,
Eneachy deu diallo douchemen par men Cren,
San me fouaire de ma, éizé nen vo deiplaize,
M y pallenozamy, iamoy ne fu si aize,
Chelo me catouilloy d'eune tel fachon,
Du plézy que j'en eu j'en fy eune canchon.

     Marion Flocan toute enguengnee,

Quéchouchy que jenten que ie fu defgreie,
Iamoy en mon vïuan ie ne fu si marrie.
Ie voy bien qua checny que ta fouay quelque cau,
Que Coula ta claqué, ie croy ten né o hau.
E qui ta fouay tennan comme son ché boendraole
Qui faite leu lechon fan z'aller à lécolle:
Ten a plain ten faquet, viecha menten tu bien.

      Miquelle est dépitee.

Chémon plein men faquet, me fouay chelo né poen,
O lieu delaflaté o fouaitte lengueingnee,
Chét en fi biau vualton de boenne conpengnee.

      Marion Floncan.

Sy fauty qua che cau y len fache rezon,
E nevvay iamoy bien toudy en no moifon,

Qui neuche reparé tou lonneur de me fille,
Che tera bien pour ly cune quiere queuille.
Ha ie voy de che pa palié à l'Official.
Croian à boen essien qui me tera loial.
          Marion Fioncan parle à l'Official.
Hau den boen iou monsieu, i'ay de coze à vou dire
Che nét poen san raizon si iay men cœur martire,
Quer deu uy queque tan chion moy ou enuiron,
Que Dolline no fille a eu den sen poitron,
Den seuau de carton reuenan de carue,
Driere no coutillet che garlouriau le rue,
Acrorre ly fezy que deu gran diallotain
Lettien venu saisir en iour de gran mattin,
Don pou lé eneachy ly claqui den che panche
Sen vieu gro jaugipon me souay toudica manche:
Dy qui lé aiuroy, chét en nommé Coula,
Sito el le croiy cheule sottelette là,
Pui qui la abuzée come netan poen sage,
Vo le condauneré de le perre à mariage
          L'Official.
   I'ordonne qu'à l'instant soit assignation
Faicte à ce galland là, icy en ma maison,
C'est pour l interroger de tout ce que vous ditte:
Sus, sus, Appariteur faite vn exploit tost vitte.
          Maxifry, Appariteur adiourne Coula.
   Ce iourd'huy Mercredy quinziesme de ce mois
Ie vous viens assigner pour la premiere fois,
Pardeuant l'Official, pour luy respondre en somme,
Sur son interrogat, marchez y en personne,
En peine d'encourir vne estroitte prison,
Allez presentement, il est en sa maison.

Coula bien hebahy il comparue
Hauden boen iour Monſieu, que me volé vou foaire
Dizé my en penet, ou de my bien affoaire,
En Chergean eſt venu orrain enno moaiſon,
Y ma fouay ſi trépeu que ien ay le frichon.
L'Official.
Eſcoute mon amy, contre toy y a plainte,
D'vne fille de bien qui de toy eſt enceinte,
Depuis cinq ou ſix mois accroire tu luy fis,
Qu'en ſon ventre s'eſtoient deux grands dialotains
   mis:
Dy donc n'eſt-il pas vray, confeſſe ie te prie,
Il n'eſt pas maintenant ſaiſon que tu varie.
Coula.
Nechou don quéchou lo que dirome vollé
Adiu, Adiu, Monſieu, ie m'en veu en allé,
Pui quelle voulu bien & quel veu encoire,
El nen perra congé ja en grein à ſe mere.
L'Official.
Ie recognois au vray par ta confeſsion,
Que ſurpriſe tu l'as par ton inuention,
Pour reparer la faute, l'honneur & le domage,
Ie te commande auſsi de la prendre en mariage,
Qu'il ſoit apprehendé le bon galand ruſé
Que s'il eſt conſentant de l'aller eſpouſer.
Coula eſt pris.
Chergean laiſſé muy là allé ie vo zaſſeuré
Que demain o matin ie verray de boenne heure
Mengé den boen gambon épy des poix pillé,
Ne me houſpillé pu, laiſſé my en allé.
Marion Flonquan.
Hau den boen iour Coula, qui ſerez men biau ſieu,
        Fuchie

Fuchiez le bien venu ichy en che beaulieu.
Coula fougué.

En dépy fuchié vou Alizon Badrelotte,
Qu'à chacun brin de cu y vou penche eune crotte,
Si fauty demaqué chou quozaué de biau.
Marion Flonquan.

Hé bien ie vo dorroy eune vaque é en viau,
En quien es'ca en co épy deu ou troy glinne.
Nechou don poen affé tou chela paur eftrinne.
Coula foupire.

O quel conuention de deu glinne é den co,
Moariage vremen quo dedie a en fo,
Ie fuy bien attrappé, helos ie le confeffe,
Ie voy que deformay ie nerray que detreffe.
Chét Diu qui ma puny, chemon ie le voy bien,
Hien dien vela que cher de che fier à che Cren.
Ce fon dezanimau deune terrible forte,
Sy to quozié happé iamoy bien o nen forte.
Marion Flonquan.

Va ne tengueingne poen bé Coula men frero,
Ie feray le banquet aueuque forche ro,
Ten mangera tou ten fau, ofly flan & brioche,
Lohee & cracquellin, dezecaudy à forche,
Tan que ten fera fau; o cha menten tu bien,
Epy apré chela tu erra en biau Cren,
Où tu rarluzera quan tu nerra que fonaire
Aueu tes deu fauchan epy te pendrilloire.
Coula.

Chét don a che cau chy que Micquelle i'efpoufe.
Marion Flonquan.

Y me fanne ate vir que tu foay laide mouze
Alon nouzen tou deu, y les deloi may tan,

C

Miquelle nozatten cheulle pauure Cretiene
Quer demain o matih aneusen frere Etiene
Le merra per le bras l'Espousee bien allé
Toutensanne el e ty, tu le fera dansé
En branle de Foictou, epy dé belle volte.
Que son che Mereureu, si bien de notte en notte
Y nierra que pour ty pour braugmen ballé
Dequanpon don dichy pour to nozen allé,
Tu dansera le premier e osli le derain,
Py tu merra ballé Miquelle par le main,
Coula.

Ie suy tout ahuri, ie ne say pu que dire,
O dy que tel coizi e py qui pren le pire,
Si entre coze nay que ne men parle pu.
Marion Flonquan.

Si fra ie te dorrai en tres biau fontacu,
Et des houzette elsi du filé de no canvre
Qui e der no lardier o cornet de no cambre,
E si ie te dorrai en lyé en repo,
Deu escuelle e en pla & eune louche à po.
Coula.

He bien chet toniour otan e Miquelle vo fille.
Marion Flonquan.

El che contera allé de te queuille,
Ha mer fiu chet asse o test en biau garchon
Va pour lamour de ty sera vn biau cochon.
Coula accorde e va treuue Miquelle.

Miquelle der ton iour allon teni minage,
Pi quo ma condanné vo perre en mariage.
Ie fu don vo baron, touqué dedeu me main,
Allon nozepousai à queque Capellain.

Le Chappelain.

Comment auez vous nom beaux amans tres-fidele?

Coula.

O mappelle Coula, é no dame Miquelle.

Le Chappelain.

Coula vous promettez & iurez de par Dieu,
Que Miquelle prenez pour espouse en ce lieu.

Coula.

Chemon ie le promé nen auoir d'autre queïle.

Le Chappelain.

Et vous d'autre costé que dittes vous Miquelle?

Miquelle.

Pour my ie le veu bien & ay pu gran desir,
Et ne vouroy o monde autre que ly coisir
O que ché deu diallo endureron martire:
Quan ie pense à chelo ie mépautre de rire.

Le Chappelain.

Ie vous espouse donc, soyez fidels espous,
Au Nom de l'unité, paix soit auecque vous.

Coula.

Acheteur ie su vo fiu se me sanne me mere,
Allon tanto souppé & fezon bonne chere
Aueu tou no paren buuon tou a plain po,
Sans poen nozengueingné, mengeon tou en repo,
Ie voy boire a tretou, may premié a no dame,
E a Iaan Iennequin, à Poien, à Guillanne,
A Adrien Crapeu, & à Quphinqucho,
Oïsy a Maquedru é a mn noncle Ian Ho,
A mes bellante étou, à vou Ianne Broüillie,
A Collette Danpo, à Marion Deouillee,
Sermen que ie su fiu, y lé tou noire nuy,
Cha, cha, decauché vou me petiotte garchette.

Miquelle ſe couche & dit.

Hoire tu na iocqué pour to tatté mé taittes
Fauty foaire chelo toutatequan ainſain
Dy hé gro ſottelet tu vute no couſſain,
Quéchou que tu foay là pu ba qui me catouïlle
Pat ſermen ché lendroit iuſtemen que tu foüille,
Là où tu rencachy en cau ché diallotain,
Mayne ne lé crain pu, ny ſoir, ny le matin,
Si en cau y venien y forroy pour bien foaire
Toudy foaire chelo pour lé caché arriere.

F I N.